AL CONFINE DEL TEMPO

Luigi Pascal Rondanini

Rondanini Publishing Ltd

A Paolo, collega diventato amico,
per la stima profonda che nutro per
la tua sensibilità e capacità di ascoltare.
Grazie!

1/XXVI

Prima edizione: 2025

Editore: Rondanini Publishing Ltd, Regno Unito

ISBN Paperback: 978-1-918177-02-2

ISBN eBook: 978-1-918177-03-9

Classificazione: Narrativa letteraria / Narrativa contemporanea / Romanzo corale

Stampato nel Regno Unito

Le informazioni di contatto dell'editore sono disponibili presso: www.rondanini.com

Sommario

NOTA DELL'AUTORE

Questa è un'opera di fantasia. Nomi, personaggi, luoghi ed eventi sono frutto dell'immaginazione dell'autore o sono usati in modo fittizio. Qualsiasi somiglianza con persone reali, vive o morte, eventi o luoghi è puramente casuale.

La storia si svolge nell'estate del 2000, in una Sicilia sospesa tra millennio vecchio e nuovo. Le tecnologie, le musiche, gli oggetti citati appartengono a quegli anni: telefoni con l'antenna, messaggi T9, lire che tintinnano nelle tasche. Non è nostalgia, ma il tentativo di fermare un momento del tempo in cui diverse vite si incontrano senza sapere di cambiare le une le altre.

L'autore ha fatto ogni sforzo per garantire l'accuratezza delle informazioni storiche e culturali contenute in questo libro. Tuttavia, questo rimane un'opera di fantasia e non deve essere considerato un resoconto storico o sociologico.

AL LETTORE

Questa è la storia di una giornata d'estate.

Quattordici ore dall'alba al tramonto su una spiaggia siciliana, dove alcune persone si incontrano senza sapere che le loro vite stanno per intrecciarsi.

Non aspettarti una trama nel senso tradizionale. Non ci sono colpi di scena, misteri da risolvere, amori impossibili. C'è invece qualcosa di più semplice e forse più raro: il miracolo quotidiano di sconosciuti che si riconoscono.

L'ambientazione è l'estate del 2000: telefoni con l'antenna, lire che tintinnano nelle tasche, l'Europa che cambia moneta. Non per nostalgia, ma perché a volte serve fermare un momento del tempo per poterlo guardare davvero.

Il mare fa da testimone silenzioso, come solo il mare sa fare.

Benvenuto a casa.

San Vito Lo Capo, estate 2025

PROLOGO

Il mare non conosce orologi, gli uomini invece sì.

Il mare, confine liquido che non conosce passaporti, respirava indifferente agli uomini.

All'inizio di quel giorno, uno qualunque, eppure irripetibile, le onde si alzavano e cadevano come avevano sempre fatto, ignare di chi le avrebbe guardate. Gli ombrelloni chiusi aspettavano il sole, le barche, in fila, oscillavano appena e una radio dimenticata gracchiava Mambo No. 5, il tormentone che inseguiva tutti quell'estate. Un aereo passò alto, graffiando il cielo di bianco. Sarebbe tornato più volte, scandendo quel giorno come un metronomo. Nessuno lo notò. La sabbia aspettava i primi passi, le rocce, silenziose, custodivano segreti più antichi degli uomini che stavano per arrivare. E il sole, che ancora non aveva deciso se mostrarsi o meno, era pronto a misurare il tempo dei vivi.

CAPITOLO 1

06:00

Giuseppe si svegliò sul bordo del letto come sempre, in equilibrio tra restare e andare, tra dire e tacere. C'era un odore di notte finita nell'aria in cui si udiva solo il silenzio che precede i rumori del pane e delle ruote sulla pietra.

Si alzò in due tempi, come faceva da un po': i piedi nudi cercarono le ciabatte come un'abitudine antica, il bastone era dove l'aveva lasciato, appoggiato al muro con la punta rivolta a est. Indossò la camicia di lino stropicciata del giorno prima. Maria, se lo avesse visto, non l'avrebbe mai lasciato uscire così. La abbottonò piano: ogni bottone una firma.

Non accese la luce.

Dalla cucina prese il thermos del caffè preparato la sera prima, un'altra abitudine degli ultimi mesi, quando alzarsi presto per preparare il caffè era diventato troppo difficile, e si incamminò verso la porta. Nel taschino della camicia tintinnavano le monete da cento lire con Minerva che portava sempre con sé, un peso familiare che lo rassicurava. La casa lo guardò partire come faceva ogni mattina da quindici anni, da quando Maria se n'era andata e lui aveva imparato la solitudine come una lingua straniera.

La stradina correva verso il mare tra case bianche e muri secchi, e Giuseppe la percorse appoggiandosi al bastone più del necessario. Non lo faceva per debolezza, ma per piacere. Ogni pietra di quella strada gli raccontava qualcosa: la crepa davanti alla casa dei Lombardo, dove cadde in bicicletta a otto anni; la macchia di ruggine sul loro cancello di ferro battuto, dove appendeva la canna da pesca quando tornava dal mare; il graffio nel muro della chiesa, fatto con un chiodo durante la guerra, quando aveva quindici anni e credeva che scrivere il proprio nome bastasse a dimostrare di essere vivi.

Beddu tempu, pensò. Bei tempi, quando il futuro sembrava infinito e la morte qualcosa che riguardava solo gli altri.

Il mare apparve all'improvviso, come faceva sempre, dietro l'ultimo angolo della strada. Giuseppe si fermò a guardarlo perché quell'apparizione non perdeva mai il suo potere di sorprenderlo. La sabbia era fredda e compatta, segnata dalle onde della notte come un libro scritto in una lingua che solo lui sapeva leggere. L'aria sapeva di sale e di silenzio, di quella quiete densa che precede il risveglio del mondo. i gabbiani erano gli unici svegli, le loro grida taglienti che annunciavano la nuova giornata come muezzin del mare, i cantori che nelle città lontane richiamano i fedel. Il vento portava odori mischiati: il profumo di gelsomino dai giardini del paese, un accenno di pane appena sfornato dal forno di Salvatore che iniziava la giornata alle cinque… e Giuseppe inspirò profondo, riempiendo i polmoni malati di tutti quei profumi che conosceva da una vita.

Quel mare non cambiava mai. Lui chiuse gli occhi e per un istante rivide sé stesso bambino, forse sette anni, che correva su quella stessa sabbia tenendo per mano suo padre. «*Beddu, papà, comu è beddu u mari!*» aveva gridato e il padre aveva sorriso, piegandosi a raccogliere una conchiglia.

«*Talìa, Peppinu,*» gli aveva detto, appoggiandola all'orecchio. «*U mari ci cunta semper la stissa storia. Ma ogni jurnata a storia è divirsa.*»

Giuseppe non aveva capito allora ma, adesso, decenni dopo, con il respiro che si faceva sempre più corto e le mani che tremavano leggermente intorno al thermos, finalmente capiva: il mare raccontava sempre la stessa storia di onde che andavano e venivano, ma ogni giorno quella storia parlava di persone diverse.

Suo padre era morto a cinquantacinque anni, di fatica e di polvere di cantiere. Non aveva mai visto il mare cambiare colore con l'età, non aveva mai sentito il peso dolce di essere un testimone invece che un protagonista.

Giuseppe aprì gli occhi e guardò di nuovo l'orizzonte, sentendo ancora nelle orecchie il suono di quella conchiglia di tanti anni prima.

«*Papà,*» sussurrò in siciliano, «*u mari ancora cunta. E io ancora sentu.*»

Un ronzio lontano gli fece alzare lo sguardo: motori, forse militari. Un istante, poi di nuovo silenzio.

Si aggiustò la camicia, prese il bastone appoggiato alla roccia e iniziò a muoversi verso le sue rocce. *"Oggi"*, pensò. "*Oggi u chiamu.*" Le rocce erano il suo posto da sempre. Da bambino ci saltava sopra come una capra, da giovane ci portava le ragazze per i baci rubati, da uomo ci veniva a pensare quando la vita si faceva complicata. Ora, alla sua età, erano diventate il suo posto fisso, l'osservatorio da cui guardare il mondo senza dovervi più partecipare.

Si sedette sulla pietra levigata dal tempo e dal sale, quella che aveva la forma perfetta per la sua schiena curva. Versò il caffè dal thermos nella tazzina di alluminio che portava sempre con sé, la stessa che usava quando andava a pescare con suo padre, sessant'anni prima. Il caffè era ancora caldo, amaro come piaceva a lui, forte abbastanza da svegliare i morti. "O *almenu* i quasi morti", pensò con un sorriso amaro.

Il telefono vibrò contro il petto, probabilmente per un messaggio di testo da Roberto, probabilmente mandato dal suo appartamento a Milano dove si stava preparando per un altro giorno di insegnamento di matematica a ragazzi delle superiori che non riuscivano a immaginare di avere quarant'anni, figuriamoci essere vecchi come lui.

Giuseppe tirò fuori il Nokia 3210, piccolo e pesante, con l'antenna che sporgeva come un dito puntato verso il cielo. Lo schermo verdognolo si accese mostrando il messaggio: «Buongiorno, *zu* Giuseppe. Come stai stamattina? Ancora alzato troppo presto per guardare l'alba?»

Giuseppe fissò lo schermo, il pollice che aleggiava sulla tastiera. Una domanda così semplice: "come stai stamattina?" Come rispondi quando "bene" è una bugia ma la verità è troppo complicata per i messaggi di testo? Ogni messaggio gli costava duecento lire, ma per Roberto ne valeva la pena. Digitò lentamente: «*Benu, figghiu. L'alba è bedda oggi. Comu vannu li preparazioni di scola di Francesca?*»

La risposta arrivò velocemente: «È tutta contenta di iniziare le medie. Un po' nervosa anche. Ha chiesto se il pro-zio può venire a vedere il suo nuovo grembiule.»

Il petto di Giuseppe si strinse e questa volta non era il cancro. Era il pensiero di Francesca nella sua nuova *uniforme* scolastica, orgogliosa e nervosa, che cresceva così in fretta. Sarebbe vissuto abbastanza per vederla finire il primo anno?

«*Dille ca lu ziu è assai orgogliosu di ella. E ca l'amu assai.*»

«Ti vogliamo bene anche noi, zio Giuseppe.»

"Ti vogliamo bene anche noi." Presente. Amore attivo, non l'amore al passato che gli sarebbe sopravvissuto. Giuseppe sentì le lacrime minacciare e le allontanò battendo le palpebre. Non ancora, poteva addolorarsi dopo, quando il sole era più alto e non c'erano più momenti belli da testimoniare.

Il primo spicchio di sole apparve all'orizzonte, una moneta d'oro bilanciata sul bordo del mondo. Giuseppe sentì il respiro fermarsi, non per la malattia, ma per la bellezza. Ogni alba era diversa, ma questa sembrava speciale: la luce si stendeva sull'acqua come un tappeto dorato, un sentiero che partiva dall'orizzonte e arrivava direttamente a lui, come se il sole lo stesse chiamando per nome.

"È u jornu", si disse in silenzio.

Il giorno della verità.

Il telefono squillò, interrompendo i suoi pensieri. Il nome di Roberto sullo schermo verde.

Giuseppe rispose al terzo squillo. «*Ciao, figghiu.*»

«*Zu* Giuseppe, sembri strano. Stai bene?»

La domanda di nuovo. "Stai bene?" Giuseppe guardò il sentiero dorato che si stendeva attraverso il Mediterraneo, le scogliere calcaree che brillavano nella nuova luce, la mattina perfetta che poteva essere la sua ultima mattina perfetta.

«*Sugnu benu, Roberto. Stu gustandu l'alba.*»

«Bene. Senti, stavo pensando, forse Carla e io potremmo scendere questo fine settimana. Francesca ha chiesto della spiaggia ed è passato troppo tempo dall'ultima visita.»

Giuseppe sentì il cuore stringersi. Quel fine settimana. Tre giorni di distanza. Sarebbe ancora riuscito a nascondere la sua condizione entro allora?

«*Sarebbe magnificu,*» disse. «Preparo la camera di Maria per Francesca.»

«Perfetto. E *zu* Giuseppe? Forse potremmo portare fuori la barca, solo noi due come quando ero piccolo.» La barca. Giuseppe non aveva portato fuori la vecchia barca da pesca da mesi ma Roberto non lo sapeva.

«Roberto,» disse Giuseppe e qualcosa nel suo tono fece silenzio dall'altra parte. «*C'è cosa devi sapiri.*»

«Cosa succede? Stai bene?»

«Io... io sto... no è facile a diri.» Giuseppe respirò profondo. «*I dottori... dicono ca u tempu è cortu.*»

Una pausa carica d'aria dall'altra parte. Poi: «Che vuoi dire, *zu* Giuseppe?»

«*I polmoni, figghiu. Malati. Forse sei misi, forse chiù picca.*»

«Madonna santa... Zio, perché non me l'hai detto prima?»

«*Perchè... perchè c'è àutra cosa. Chiù importante.*» Giuseppe sentì il cuore battergli forte. *Ora o mai chiù.* «*Roberto... tu nun si me niputi. Tu si me figghiu.*»

Un altro silenzio, più lungo. «Cosa?»

«*Tua mamma, Rita... era na brava fimmina. Ma tuo patri nun era me fratello Salvatore. Era iu.*»

«Non... non capisco.»

Giuseppe respirò profondo, sentendo il respiro farsi più corto. «*Quannu avisti diciotto anni, Rita mi dissi a verità ma mi fici giurari di non diri nenti. Diceva ca era megghiu cusì, ca tu avessi na famiglia normali.*»

«Tu sei... tu sei mio padre?»

«*Sì, figghiu meu e scusami si nun t'u dissi prima. Avìa paura... paura ca mi odiassi.*»

Roberto non rispose subito. Giuseppe sentì il mare dietro di sé, il rumore delle onde che continuavano la loro conversazione eterna, indifferenti ai segreti degli uomini. «*Zu* Giuseppe... papà... Cristo, non so come chiamarti.»

«*Chiamami comu sempri. Zu Giuseppe va beni.* Ma ora tu sai.»

«Vengo giù. Subito.»

«No, Roberto, non ancora. *Vieni quannu vuoi tu, quannu si prontu. Io sugnu sempri cca.*»

«Ti voglio bene, *zu* Giuseppe. E grazie per avermelo detto.»

Giuseppe chiuse la chiamata con le lacrime agli occhi. Si voltò verso il mare, che ora brillava sotto il sole alto, e per la prima volta in mesi sentì qualcosa che somigliava alla pace.

"Oggi u mari mi ha datu u coraggio."

CAPITOLO 2

08:00

Hans fissò il soffitto per un tempo che non seppe misurare, come se la calce bianca potesse restituirgli le parole giuste. La stanza profumava di detersivo al limone e di sale, filtrato dalle tende leggere. Sotto il cuscino, la scatolina dell'anello gli premeva contro il collo: non faceva male, eppure gli toglieva il respiro. Pensò semplicemente che oggi non potesse più rimandare.

Il ricordo della sera prima gli tornò nitido: aveva tirato fuori l'anello dal suo astuccio di cartone e l'aveva osservato a lungo sotto la luce fioca della lampada. Non era un anello costoso: qualche risparmio messo da parte con turni extra in biblioteca e il contributo segreto del padre, che gli aveva detto solo: "Per non fare la mia stessa stupidaggine," e poi non aveva aggiunto altro, un gesto burbero ma pieno di affetto.

Sul comodino, accanto alla guida turistica di Greta con le pagine ingiallite dal sole e dalle ditate, giaceva una macchina fotografica usa-e-getta Kodak che avevano comprato il giorno prima. "Per immortalare i momenti speciali," aveva detto lei sorridendo, senza sapere quanto speciale sarebbe stato questo.

Greta dormiva girata di lato, una mano sotto la guancia, i capelli sparsi. Quando aprì gli occhi, lui era già in piedi a cercare il bagno al buio per non svegliarla. L'acqua fredda non gli calmò il battito. Tornò vicino al letto e le sfiorò la fronte.

«Tutto bene?» mormorò lei, assonnata.

«Sì, mi sono svegliato presto. Prendo due caffè giù al bar.»

Greta lo guardò con un sorriso che non arrivava agli occhi. «C'è qualcosa che non mi dici.»

Hans fece spallucce ma la scatolina lo punse di nuovo. «Torno subito, poi mare.»

Greta si stiracchiò, lo osservò infilare i sandali. «*Nein*, vengo con te.»

Si conoscevano da tre anni, eppure c'era in lui ancora quel silenzio che non si lasciava decifrare. A volte le sembrava che Hans custodisse le parole come monete rare, tirandole fuori solo quando erano indispensabili.

La pensione dava su una traversa che scendeva verso la spiaggia tra case bianche e muri a secco. Il paese si svegliava: voci che rimbalzavano sui balconi, il carretto del pane, un motorino che sputava un filo di fumo blu. San Vito si offriva intero, semplice, come ogni mattina d'estate.

Al bar ordinarono due caffè e due brioche. Il barista, asciugando i bicchieri con un canovaccio logoro, disse: «Due caffè, due brioche. Mille lire.» Hans contò le monete dal portafoglio, l'ultima spesa in lire prima dell'euro che tutti aspettavano per l'anno prossimo. Greta ringraziò in un italiano esitante e il barista accennò un sorriso, augurando buona giornata. Hans rise sottovoce: amava quel suo sforzo di pronunciare bene, la precisione che metteva nelle vocali.

La radio del chiosco gracchiava notizie del mattino mentre Hans e Greta facevano colazione: *"...e così la Francia batte l'Italia 2-1 con il golden goal di Trezeguet. Un Europeo che molti ricorderanno come quello della tecnologia: è stato il primo ad usare sistematicamente la goal line technology per le decisioni arbitrali..."*

Il barista alzò gli occhi al cielo. «Maledetti francesi. E pensare che l'Italia giocava così bene.»

«Anche in Germania tutti parlano di questo Euro 2000,» disse Hans in inglese, poi si corresse in italiano.

«È stato... molto bello campionato.»

«Sì, ma la Francia è troppo forte,» rispose il barista, asciugando i bicchieri.

«E sentite cosa dicono alla radio: il prossimo anno arriva l'euro. Addio lire, addio stabilità.

Tutti questi cambiamenti insieme... il nuovo millennio, la nuova moneta. Speriamo bene.»

Greta guardò le monete che Hans contava dal portafoglio: cinquecento lire con l'effige di Mercurio, mille lire con la rappresentazione di Roma. Tra meno di un anno sarebbero diventate solo ricordi.

«È difficile,» disse imbarazzata. «Sbaglio sempre gli articoli.»

«Sei bravissima,» rispose Hans. «Io non ci ho neanche provato.»

Seduti sul muretto, guardarono la striscia luminosa del bagnasciuga aprirsi come un palcoscenico in attesa. Un bambino passò correndo con una palla sgonfia, gridando qualcosa che non capirono. Greta rise e quel suono bastò a sciogliere per un momento il nodo nello stomaco di Hans.

«Oggi dove vuoi andare?» chiese lei, strappando un pezzetto di brioche.

«In acqua,» rispose lui. «Subito.»

Greta inclinò la testa, come fa chi misura una distanza invisibile. «Sei strano.»

«Emozionato.» Non era una bugia.

Camminarono verso la riva. Greta lo osservava di sottecchi, come se ogni gesto di lui raccontasse più parole di quante stesse dicendo. Gli prese la mano. «Va bene, facciamoci portare dal mare.»

Un ronzio lontano attraversò l'azzurro. Alcune persone alzarono lo sguardo, altre no. Il suono passò, lasciando una scia sottile nell'aria, come un segno a matita su un foglio ancora vuoto.

Togliere i sandali, sentire la sabbia fredda, lasciarsi bagnare dalle prime onde: entrarono così, senza fretta, fino alle ginocchia. L'acqua era tiepida e chiara, le caviglie sembravano galleggiare.

Hans si voltò verso Greta e pensò che in quel punto, con quel colore, il mondo pareva fare meno rumore.

«Ti ricordi il temporale a Schwaben, sotto la tettoia?» chiese, come per preparare un ponte. Greta annuì. «E la notte in macchina davanti al lago. Ridevamo per non tremare.» Sorrisero insieme, ogni ricordo era un mattone silenzioso nella casa che stavano costruendo senza accorgersene.

Due bambini, più in là, gridavano parole mischiate: acqua, *wasser*, *water*… e le sillabe correvano rapide come gabbiani.

«C'è una cosa che voglio dirti,» disse Hans.

Greta lo guardò, seria. «Lo avevo capito.» Il ronzio tornò, più lontano di prima, un accenno appena. L'acqua prese a muoversi con un ritmo più deciso. Hans si portò la mano al costume, all'interno, dove la scatolina era nascosta e al riparo dagli occhi. Greta abbassò lo sguardo; quando lo rialzò, aveva un sorriso trattenuto. «Non qui,» sussurrò.

«Proprio qui,» rispose piano. «Se ti va.»

La scatolina scivolò tra le dita bagnate. Aprirla fu un'operazione di pazienza, e per un attimo rischiò di cadere. Greta trattenne il fiato e poi ridacchiò, tesa. L'anello prese luce a spicchi, non grande, non vistoso: giusto.

«Ti ho incontrata e ho smesso di immaginare la mia vita da solo,» disse Hans e questa frase arrivò senza fatica. «Con te ho trovato le parole che non sapevo di cercare. Non ti prometto grandezze, ma presenza. Restare, imparare, condividere. Se vuoi, con me.»

Greta non parlò subito. Aveva quello sguardo che usava quando cercava la verità nelle persone: non per scovare un difetto, piuttosto per riconoscere un punto fermo. «Sì,» disse poi, a voce bassa. «Sì.»

Lui le infilò l'anello, lei gli prese il viso tra le mani. Il bacio sapeva di sale e di mattina. Qualcuno dalla riva applaudì piano, un bambino batté due volte le mani, senza capire. Loro risero.

«E adesso?» chiese Greta, con la fronte appoggiata alla sua.

«Adesso viviamo quello che abbiamo detto, con calma, con poco, con quello che serve.»

Greta annuì. «Una festa semplice, una data più avanti. Parleremo con i nostri, useremo le parole giuste, anche se non saranno perfette.»

«Le troveremo insieme.»

Sopra di loro, l'aereo passò alto, un suono netto tagliò l'aria e poi si dissolse. Nessuno sulla spiaggia si mosse davvero. Per un istante seguirono con lo sguardo la risacca che risaliva la riva, poi tornarono a guardarsi. L'acqua portava e riportava piccole linee di schiuma, come frasi che ricominciano.

«Facciamo una foto?» disse Greta, indicando la macchina usa-e-getta che avevano lasciato sulla sabbia. «Prima che ci dimentichiamo di questo momento.»

Hans annuì ma, mentre si dirigevano verso la riva, un uomo anziano seduto sulle rocce li chiamò con un gesto della mano. Aveva un volto gentile e rugoso, come se avesse visto molte albe come quella.

Rimasero lì, con il mare alle cosce e l'ombrellone ancora da piantare nella sabbia, sapendo che una parola data, se era la loro parola, può tenere insieme le paure e le gioie, le lingue che hanno imparato e quelle che avrebbero inventato, la vita che avevano prima e quella che adesso stava iniziando.

CAPITOLO 3

09:00

Marco Rossi aveva costruito la sua reputazione su edifici che duravano secoli, eppure, non riusciva a costruire una conversazione con sua figlia, architetta come lui, che durasse almeno cinque minuti.

Elena sistemava le creme solari nella borsa, ordinandole per fattore di protezione con la precisione di chi ha smesso di credere nell'improvvisazione. Guardò Marco che fissava il telefono: ancora nessun messaggio da Sara, che da molti anni aveva scoperto il potere devastante del silenzio.

Marco teneva in mano un Ericsson T28, pesante come un mattone, con l'antenna telescopica estesa verso il cielo nella speranza di catturare qualche tacca di segnale. Aveva pagato una fortuna per quel telefono, ma Sara usava il suo per mandare messaggi pieni di abbreviazioni che lui faceva fatica a decifrare: "6" per "sei", "xké" per "perché", "cmq" per "comunque". Un linguaggio che sembrava inventato apposta per escluderlo.

«Ha detto che sarebbe venuta stamattina,» mormorò Marco.

«Ha detto forse,» lo corresse Elena. «Sara non dice mai sì a niente, ultimamente.»

Luca, dodici anni, saltellava davanti alla porta con l'impazienza di chi non capisce perché gli adulti complicano tutto. Aveva in mano un mazzo di carte dei Pokémon ancora sigillato, premio per la promozione scolastica, e non vedeva l'ora di mostrarle agli altri bambini sulla spiaggia. «Andiamo! La spiaggia non scappa!»

Ma Marco sapeva che Sara poteva scappare. Anni prima, quando era ancora minorenne, aveva trovato nel suo zaino una mappa di Milano con cerchi rossi intorno alle stazioni ferroviarie. Quando le aveva chiesto spiegazioni, lei aveva risposto: «Progettavo una fuga, ma poi ho pensato che non ne vale la pena.» Quella frase gli aveva fatto più male dello zaino preparato.

Il successo professionale di Marco era innegabile: il progetto del grattacielo di Porta Nuova, il quartiere residenziale a Brera, la villa sul lago per un noto industriale… premi, riconoscimenti, articoli su riviste specializzate. Eppure, Sara lo guardava come se fosse un estraneo che capitava a cena.

«Perché costruisci case per gente che non conosci invece di aggiustare la nostra?» gli aveva chiesto una sera e lui non aveva saputo rispondere.

Il tragitto verso la spiaggia fu punteggiato dai tentativi di Elena di riempire i silenzi e dalle proteste di Luca per il peso dell'ombrellone. Marco camminava pensando agli ultimi tre progetti: tutti perfetti sulla carta, tutti vuoti di vita vera.

Il sole aveva iniziato a scaldare la sabbia, che diventava dorata e accogliente sotto i piedi nudi.

L'acqua cambiava colore man mano che la luce cresceva: dal grigio perla dell'alba al verde smeraldo del mattino inoltrato.

Arrivarono al mare che già ribolliva di voci e colori. Luca si tuffò subito nell'organizzazione della giornata: «Oggi costruiamo una città intera! Con strade, ponti, tutto!» Sparse le carte Pokémon sulla sabbia come fossero i mattoni della sua metropoli immaginaria. «Guardate, ho trovato Charizard!» gridò, mostrando la carta dorata che brillava al sole.

Marco guardò la sabbia e pensò alla frase di Sara: aggiustare la nostra casa. Che tipo di architetto era se non riusciva a progettare un rapporto con sua figlia?

Si inginocchiò accanto a Luca e iniziò a tracciare le fondamenta. Non un castello: una piazza, con case intorno, strade che si incontravano al centro. Elena li osservava, riconoscendo nel gesto di Marco qualcosa che non vedeva da tempo: non il professionista, ma il padre. Marco sentiva la sabbia scricchiolare tra le dita mentre costruiva con Luca. Era una sensazione che lo riportava alla sua infanzia, quando anche lui passava ore a modellare città immaginarie, prima che le città vere iniziassero a richiedergli progetti precisi, permessi, budget, scadenze.

«Qui ci va la biblioteca,» disse Marco, scavando con le mani. «E qui una panchina dove la gente si ferma a parlare.»

«E i giardini?» chiese Luca.

«Dappertutto. Una città senza verde non è una città.»

A pochi metri, due gemelle costruivano un castello di sabbia con precisione architettonica, litigando amorevolmente sui dettagli.

Elena si avvicinò. «Sara adorava i nostri progetti di sabbia, da piccola.»

Marco si fermò. «Dovrei chiamarla.»

«Non chiamarla. Scrivile.»

Marco tirò fuori il telefono, esitò, poi digitò faticosamente sui tasti piccoli: "Sto costruendo una città di sabbia con Luca. Mi manca la tua opinione sull'urbanistica. Se cambi idea, siamo alla spiaggia di sempre." Non menzionò l'amore, non chiese scusa, non fece prediche. Solo un invito professionale tra colleghi.

La risposta arrivò dopo un'ora, scritta nel suo linguaggio veloce: "Ricorda di nn mettere le panchine trp vicine alla strada. Così nessuno ci si siede davvero."

Marco sorrise e spostò le panchine. Elena gli toccò la spalla: «Brava Sara.»

"Fatto. Meglio?" scrisse.

"Meglio. Arrivo pomeriggio. Procurate attrezzi giusti."

Marco guardò la città di sabbia, imperfetta e destinata a crollare, ma per la prima volta, in mesi, sentì di aver progettato qualcosa che sua figlia voleva abitare.

CAPITOLO 4

10:00

Klaus piegò il giornale seguendo le pieghe di sempre: prima a metà, poi in quarti, infine in otto. Ogni piega era una linea retta, ogni gesto aveva il suo momento preciso. Il *Frankfurter Allgemeine* portava titoli pesanti: "Francia campione d'Europa: golden goal di Trezeguet decide Euro 2000" e "L'euro sempre più vicino: dodici nazioni pronte al cambiamento".

Ingrid bevve il caffè e contò mentalmente: quindici anni di colazioni identiche, 5.475 mattine di precisione tedesca. Non era che Klaus fosse cattivo, solo prevedibile come un orologio svizzero, e Ingrid aveva scoperto di odiare l'ora esatta.

La cartolina di Thomas era nascosta nel libro che leggeva, "Le città invisibili" di Calvino. Thomas le aveva scritto da Marrakech: "*Ho perso il passaporto, dormito in una tenda berbera e imparato a cucinare il tajine. Sei giorni di caos puro. Ti ricordi cosa significa?"* Ricordò che a vent'anni aveva preso un treno per Praga senza biglietto di ritorno, aveva dormito in ostelli che profumavano di libertà e giovinezza. Aveva dipinto acquerelli su fogli che poi perdeva, aveva baciato un ragazzo boemo sotto la pioggia senza sapere il suo nome. Tutto questo con il suo zaino Invicta pieno di adesivi sbiaditi, compagno di mille avventure che ora giaceva dimenticato in soffitta. Poi aveva incontrato Klaus, solido, affidabile, con un conto in banca e un piano quinquennale. Dopo l'incertezza, la sicurezza era sembrata un regalo, ma quindici anni dopo quella sicurezza le pesava come una camicia di forza.

Sulla spiaggia, Klaus sistemò il parasole secondo l'angolazione ottimale calcolata l'anno precedente, stessi l'asciugamano in parallelo perfetto con la linea dell'acqua. Tirò fuori il libro di economia e iniziò a leggere, ignorando completamente il mare.

Ingrid guardò le onde e pensò che fossero l'opposto di Klaus: sempre diverse, sempre imprevedibili, sempre in movimento.

Una coppia rideva nell'acqua, due ragazzi biondi che si tenevano per mano come se fosse la cosa più naturale del mondo. Ingrid li osservò e rivide sé stessa e Thomas, vent'anni prima, quando l'amore era un'avventura e non un contratto di convivenza.

«Vuoi fare il bagno?» chiese a Klaus.

«Più tardi. Il sole deve essere al punto giusto per evitare riflessi dannosi.»

Ingrid si alzò senza dire altro. Camminò verso l'acqua da sola, sentendo l'impeto di ribellarsi contro l'angolo giusto, il momento giusto, la vita giusta che non era la sua. L'acqua era fredda e la sorprese. Rise, un suono che non sentiva da mesi. Si voltò verso Klaus che però non aveva alzato lo sguardo dal libro. Fu in quel momento che decise. Non di lasciare Klaus, non di seguire Thomas. Decise semplicemente di smettere di aspettare il permesso per essere sé stessa.

Tornò all'ombrellone gocciolando e sorridendo. Klaus alzò lo sguardo, sorpreso: «Non era il momento ottimale per il bagno.»

«Lo so,» rispose Ingrid. «È per questo che è stato perfetto.»

Klaus la guardò come se parlasse una lingua straniera e, forse, era così.

CAPITOLO 5

10:30

Friedrich Müller aveva imparato a riconoscere il suono delle priorità: il ping dell'e-mail urgente, il vibrato della chiamata importante, il silenzio che significava che tutto andava male. Ma, quella mattina, per la prima volta in dieci anni, spense il telefono prima che suonasse. Il Nokia 6110 si spense con un bip sommesso, il display che si oscurava come una piccola morte. Friedrich lo guardò per un momento, sorpreso di quanto quel gesto semplice lo tranquillizzasse. Non era una crisi di mezza età, era qualcosa di più semplice e devastante: aveva realizzato che i suoi figli lo conoscevano attraverso le scuse.

"Papà non può venire al saggio perché ha una riunione."

"Papà arriverà in ritardo perché il cliente di Zurigo..."

"Papà ha promesso domenica prossima, ma..."

Era diventato il papà del "ma" e i suoi figli, Max e Sophia, avevano smesso di invitarlo ai saggi.

Il laptop lo guardava dal tavolino dell'hotel come un rimprovero silenzioso. Un IBM ThinkPad nero, pesante come un mattone, che scaldava le cosce e ronzava come un insetto metallico. Dentro c'erano fogli di calcolo che aprivano e chiudevano progetti, righe che spostavano persone da una colonna all'altra. Ma, quella mattina, Friedrich scoprì qualcosa di terrificante: poteva spegnere tutto e il mondo non finiva.

Scese in spiaggia senza portatile, senza telefono, senza agenda… c'era solo lui e l'inquietudine di non sapere cosa fare con le mani vuote. Si sedette sulla sabbia e guardò gli altri. Un ragazzo tedesco faceva la proposta di matrimonio nell'acqua. Una famiglia italiana litigava amorevolmente per un ombrellone. Un vecchio sulle rocce osservava tutto con la pazienza di chi ha imparato a contare i momenti invece che i minuti.

Friedrich pensò ai suoi figli: Max, otto anni, che collezionava sassi e raccontava storie a ogni pietra che trovava; Sophia, sei anni, che disegnava case volanti e diceva che da grande avrebbe fatto l'architetto delle nuvole. Quando era stata l'ultima volta che aveva ascoltato davvero una delle loro storie? Quando aveva guardato uno dei disegni di Sophia senza pensare a cos'altro doveva fare?

Tirò fuori il telefono, lo riaccese, ignorò le 47 notifiche. Chiamò casa.

«Pronto?» La voce della ex moglie, sorpresa.

«Ciao, Anna. Volevo parlare con i bambini.»

«Friedrich, è martedì mattina. Sono al campo estivo.»

«Lo so. Volevo solo... raccontami cosa hanno fatto ieri.»

Silenzio dall'altra parte, poi Anna iniziò a parlare: Max aveva trovato una rana nel laghetto del parco e l'aveva chiamata Hermann; Sophia aveva dipinto un ritratto di Friedrich come un supereroe che volava tra le nuvole, ma con la giacca e la cravatta.

«Con la cravatta?» chiese Friedrich, sorridendo.

«Ha detto che anche i supereroi devono andare in ufficio.»

Friedrich sentì qualcosa spezzarsi dentro. Non il cuore ma qualcosa di più duro: la corazza che aveva costruito intorno alla parola "importante".

«Anna, posso parlare con loro stasera? Non per cinque minuti tra una chiamata e l'altra. Davvero parlare.»

«Certo. Ma Friedrich... va tutto bene?»

«No,» disse lui,» e si sorprese della verità che conteneva quella parola. «Ma forse può andare meglio.»

CAPITOLO 6

11:00

Ahmed Benali aveva imparato che in Italia ci sono tre tipi di silenzio: quello di chi non ti sente, quello di chi non ti capisce, e quello di chi fa finta di non vederti. Dopo cinque anni, sapeva riconoscerli tutti. Ma, quella mattina, nuotando verso il largo, Ahmed non cercava di sfuggire al silenzio: cercava di ritrovare la sua voce.

Era partito da Casablanca con un master in ingegneria elettronica e la sicurezza di chi crede che la competenza basti. In Marocco progettava impianti per le fabbriche tessili, aveva una squadra di dieci persone e un ufficio con vista sul porto. In Italia riparava televisori a tubo catodico e videoregistratori VHS in un negozio di periferia dove i clienti portavano ancora cassette che "si mangiavano" e il suo titolo di studio valeva quanto la carta su cui era stampato.

Non era rabbia quello che provava, ma uno smarrimento più sottile: scoprire che l'identità può evaporare attraversando un confine.

Ahmed stava uscendo dall'acqua proprio mentre un venditore ambulante passava con una radio a spalla che trasmetteva le notizie: "..nuovi controlli per l'immigrazione clandestina... Il ministro degli Interni annuncia nuovi controlli alle frontiere..."

Ahmed si irrigidì. Anche in vacanza, anche su una spiaggia, non si sfuggiva a quelle parole: "Immigrazione clandestina." Come se ogni straniero fosse automaticamente sospetto, come se i suoi cinque anni di documenti in regola, lavoro, tasse pagate non contassero nulla.

Il venditore, un uomo sulla sessantina con il volto segnato dal sole, notò la sua espressione. «Non ci faccia caso,» disse in siciliano colorito di italiano. «I giornalisti devono sempre trovare qualcosa di cui lamentarsi. Lei lavora qui?»

«Sì, da cinque anni.»

«E paga le tasse?»

«Certo.»

«Allora è più italiano di tanti italiani. Vuole una granita? Oggi offro io.»

Ahmed esitò, poi la prese. «Grazie.»

Uscì dall'acqua e si accorse che non aveva portato l'asciugamano. Era una dimenticanza che lo irritava: dopo cinque anni in Europa aveva imparato a non dare agli altri motivi per notarlo, per giudicarlo. Un immigrato bagnato che gocciola è un cliché che preferiva evitare.

«Vuoi?» Una donna indiana gli porgeva un telo arancione. Non sembrava un gesto di pietà, ma di pragmatica cortesia. Ahmed la ringraziò e si asciugò rapidamente. «L'acqua è buona oggi,» disse lei in un italiano colorato di accento lombardo. Ahmed annuì. Non sempre trovava le parole giuste, ma con lei sembrava che le parole giuste fossero poche e semplici.

Si sedette poco distante dalla famiglia Patel, osservando come i loro figli passassero dall'italiano al gujarati all'inglese senza neanche accorgersene. Erano lingue che si mescolavano come colori su una tavolozza, creando tonalità nuove. Un bambino gridava eccitato: «In Marocco avete Dragon Ball Z?» Gli occhi spalancati di chi scopre che il mondo è più grande di quello che pensava.

Ahmed pensò al suo francese perfetto, all'arabo classico che aveva studiato, all'inglese tecnico che usava per il lavoro. Quattro lingue, eppure spesso si sentiva muto.

«Di dove sei?» chiese uno dei bambini, con la curiosità diretta dell'infanzia.

«Casablanca,» rispose Ahmed.

«È vero che ci sono mercati enormi con le spezie?»

Ahmed sorrise. «Sì, e ogni spezia ha la sua stagione, il suo colore, il suo profumo.»

Iniziò a raccontare del *souk*, delle piramidi di paprika rossa e curcuma dorata, del modo in cui sua nonna sceglieva lo zafferano toccando ogni filo con la punta delle dita. Parlò di come i mercanti gridassero i prezzi in *dirham*, proprio come i commercianti italiani facevano ancora con le lire al mercato del sabato. I bambini lo ascoltavano rapiti e Ahmed si accorse che stava parlando in un italiano che non sapeva di avere: fluido, colorito, vivo.

Priya Patel gli offrì un bicchiere di tè freddo. «In Gujarat abbiamo spezie simili,» disse. «Ma ogni posto ha il suo sapore.»

Ahmed bevve il tè e sentì che per la prima volta in cinque anni qualcuno non gli stava offrendo assistenza, ma condivisione. Parlarono di ingegneria, di progetti, del modo in cui l'Italia guardava le competenze straniere. Raj Patel aveva vissuto le stesse frustrazioni, aveva dovuto ricostruire la sua credibilità mattone per mattone.

«Il trucco non è dimostrare di valere quanto loro,» disse Raj. «È ricordarsi che vali indipendentemente da loro.»

Ahmed guardò i loro figli che correvano tra le onde, completamente a casa in tre lingue e due culture. Non erano divisi: erano moltiplicati. E per la prima volta in cinque anni, Ahmed sentì che forse anche lui poteva essere moltiplicato invece che dimezzato.

CAPITOLO 7

11:30

Maria Cristina camminava lungo la riva con passo lento, come se ogni onda potesse cancellare un pezzo del suo passato. Era la prima volta, dopo diciotto anni, che metteva i piedi in acqua senza il velo e la tonaca. La brezza marina le sollevava i capelli corti, liberati da pochi giorni, e lei non riusciva ancora ad abituarsi a quella leggerezza.

Aveva lasciato il convento senza avere un piano preciso, ma solo la certezza che la sua vita non poteva più restare chiusa tra mura che, con il tempo, erano diventate più gabbia che rifugio.

Il mare la attirava come una promessa: aperto, sconfinato, senza regole che non fossero quelle della natura. Si fermò con i piedi nell'acqua fresca, osservando i bambini che giocavano più avanti, le famiglie che si preparavano al pranzo, gli uomini e le donne che prendevano il sole.

Tutti sembravano avere un posto preciso, un ruolo definito. Lei no. Per la prima volta dopo anni, sentì che quel non appartenere poteva essere un inizio, non solo una perdita.

Suor Maria Cristina aveva mentito per diciotto anni, non a Dio, non ai superiori, non ai parrocchiani che venivano a confessarsi da lei. Aveva mentito a sé stessa, ogni mattina, quando si svegliava e fingeva che la chiamata fosse stata autentica, ma la verità era più prosaica e dolorosa: aveva diciotto anni, era incinta, e Luca l'aveva lasciata con una lettera di due righe e un assegno per "risolvere il problema".

"Maria Cristina, non posso sposarmi adesso. Ho gli esami, poi il servizio militare. I miei genitori non capirebbero. Usa questo come credi meglio. Scusami. Luca."

Aveva tenuto l'assegno per settimane, nascosto nel suo Diario Smemoranda tra le pagine dei Pooh e di Lucio Battisti. Non era riuscita a strapparlo ma nemmeno a usarlo. Era stato il prezzo della sua vergogna, ma anche l'unica prova che quello che aveva vissuto fosse stato reale. Alla fine, l'aveva strappato in mille pezzi davanti allo specchio della sua camera da ragazza, guardandosi negli occhi e cercando il coraggio di affrontare tutto da sola.

Ma non ce l'aveva fatta.

Al terzo mese aveva perso il bambino. Un'emorragia nella notte, la corsa in ospedale, il silenzio del medico che non spiegava niente a una ragazza non sposata. Quando si era svegliata dall'anestesia, tutto era finito.

"È stata la volontà di Dio," aveva detto sua madre, e per la prima volta quelle parole le erano sembrate una spiegazione plausibile invece che una consolazione vuota. *"Dio ti sta mostrando la strada,"* aveva confermato la madre superiora quando, tre mesi dopo, era andata a bussare alla porta del convento di Santa Chiara. *"Ti sta chiamando a sé prima che il mondo ti ferisca ancora."* Ma forse Dio le stava solo restituendo una scelta che lei non aveva saputo fare da sola.

Diciotto anni di preghiere per espiare non il peccato, ma la codardia di non aver avuto il coraggio di affrontare la vita fuori dalle mura protette. Il convento le aveva dato pace, questo era vero. Ma era la pace del nascondimento, non quella della riconciliazione. Era il silenzio del non dover scegliere, del non dover spiegare, del non dover rischiare.

Aveva imparato a dire le preghiere giuste, a sorridere nei momenti giusti, a consolare le altre suore quando dubitavano della loro fede. Ma la notte, quando tutti dormivano, si chiedeva cosa sarebbe successo se avesse avuto il coraggio di tenere quel bambino, di crescerlo da sola, di affrontare lo scandalo e la povertà.

Ora, quella mattina, seduta sulla spiaggia in abiti civili che non indossava da quasi vent'anni, Maria Cristina guardava le famiglie intorno a lei e contava i figli che non aveva avuto, non per vocazione, ma per paura. Una coppia si baciava nell'acqua, giovani, impauriti e coraggiosi allo stesso tempo. Maria Cristina li osservò e pensò a Luca, al suo volto che aveva cercato di dimenticare per diciotto anni. Chissà che uomo era diventato, chissà se aveva mai pensato a lei, al bambino che non c'era stato, alla ragazza che aveva lasciato con un assegno e una scusa.

Non provava più rabbia, non da anni. Provava invece una tristezza dolce per quella ragazza di diciotto anni che non aveva saputo credere in sé stessa abbastanza da andare avanti da sola.

Poco lontano, un gruppo di ragazzini giocava con un pallone Tango Adidas che rimbalzava sulla sabbia bagnata. Uno di loro gridò: «Passaggio!» con la voce acuta dell'entusiasmo. Maria Cristina sorrise, ricordando il suo Diario Smemoranda degli anni del liceo, pieno di dediche e speranze infrante, nascosto ancora in una scatola nella sua camera da ragazza.

Prima dei voti solenni. Prima di Luca. Prima di tutto.

Priya Patel le si avvicinò con un bicchiere d'acqua e un ghiacciolo Algida alla fragola. «È caldo oggi, sorella.»

Maria Cristina accettò l'acqua e sentì nel gesto una gentilezza che non chiedeva nulla in cambio. «Non sono più sicura di essere degna di quel titolo.»

«Perché?» chiese Priya, sedendosi accanto a lei.

«Perché sono entrata in convento per le ragioni sbagliate e ci sono rimasta per diciotto anni senza avere il coraggio di andarmene.»

Priya sorrise brevemente. «Mio marito è diventato ingegnere perché i suoi genitori volevano che lo diventasse. Ma ora ama davvero il suo lavoro. Le intenzioni possono cambiare strada facendo.»

«E se Dio non mi avesse mai chiamata davvero?»

«E se ti avesse chiamata comunque, anche attraverso la paura?»

Maria Cristina guardò i bambini che correvano sulla sabbia, le mani di Priya che spezzavano il pane per condividerlo. Pensò che forse Dio non abitava solo nelle preghiere sussurrate, ma anche nei gesti quotidiani di chi si prende cura degli altri.

Si alzò e camminò verso il mare. Non per un battesimo simbolico, ma per sentire l'acqua fredda sui piedi e ricordarsi che aveva un corpo, una vita, una scelta da fare.

Tornò da Priya con i piedi bagnati e sabbiosi. «Credo che lascerò definitivamente la vita religiosa,» disse.

«E cosa farai?»

«Non lo so. Forse lavorerò con i bambini. Forse imparerò a cucinare. Forse viaggerò.» Sorrise per la prima volta in anni. «Forse vivrò.»

Priya le porse un pezzo di pane. «Inizia da qui. Tutto il resto può aspettare.»

Maria Cristina prese il pane e lo assaggiò. Sapeva di futuro. Guardò di nuovo i bambini che giocavano, Hans e Greta che ridevano nell'acqua, le famiglie che si preparavano al pranzo. Per diciotto anni aveva pregato per loro da lontano, protetta dalle mura del convento. Ora voleva essere tra loro. Voleva sporcarsi le mani, sbagliare, scegliere, amare senza la protezione di una vocazione che forse non era mai stata sua.

Il mare continuava a portare e riportare le onde, indifferente ai suoi dubbi, ma per la prima volta in diciotto anni, Maria Cristina non interpretò quel movimento come un messaggio divino. Lo vide semplicemente per quello che era: la vita che continua, sempre, anche quando non sappiamo dove ci sta portando.

CAPITOLO 8

11:45

Priya Patel sistemò i contenitori di metallo nella borsa termica, controllando che tutto fosse al suo posto. Samosa, chapati, curry di ceci, e accanto la teglia di melanzane alla parmigiana che aveva preparato la sera prima seguendo la ricetta della signora Benedetta del mercato.

Due cucine in una, come la sua vita.

I bambini correvano già verso il mare, gridando in quella mescolanza di italiano e gujarati che a lei suonava come musica. «Mamma, possiamo andare in acqua?» *«Hān, mā, paṇī mā javu?»* La stessa domanda in due lingue, perché a casa parlavano gujarati ma i pensieri veloci venivano sempre in italiano.

«Aspettate papà,» rispose, poi ripeté in gujarati per essere sicura che capissero, ma loro erano già lontani, attratti dalle onde come calamite.

Raj guardava i figli e pensava al loro primo inverno a Milano, quando ogni parola era una fatica e ogni sorriso una conquista. Priya aveva pianto spesso nei primi mesi, non per nostalgia dell'India, ma per quella sensazione costante di essere osservata: in tram, al mercato, perfino a messa la domenica quando cercava di integrarsi con le altre famiglie. «Sembrano vedere solo il sari, non me,» gli disse una volta, dopo che una donna l'aveva corretta con asprezza al banco della frutta. Eppure, c'erano stati anche segni di accoglienza. La stessa donna, giorni dopo, le aveva sorriso e spiegato come cucinare le melanzane alla parmigiana. Da quel giorno Priya non smise mai di prepararle, affiancandole al curry di verdure.

Ma c'era una cosa che Raj non riusciva a dire nemmeno a Priya. Al lavoro, quando i colleghi italiani parlavano veloce tra loro, lui spesso annuiva come se capisse tutto, ma in realtà perdeva pezzi, soprattutto gli scherzi. Rideva un secondo dopo gli altri, sperando di aver centrato il momento giusto. Vent'anni in Italia e ancora si sentiva in ritardo di una battuta.

C'era un'altra cosa che pesava su Raj. A casa, con Priya, a volte si sentiva inadeguato. Lei aveva imparato l'italiano meglio di lui, si muoveva con più disinvoltura tra le madri italiane alla scuola dei bambini. Raj invece continuava a sentirsi come un ospite perpetuo, grato ma mai davvero appartenente.

Priya li guardò correre e pensò alla prima volta che li aveva portati al mare, sei anni prima. Arun aveva quattro anni, Kavya due. Non sapevano nuotare, non conoscevano il sale, guardavano quella distesa infinita con gli occhi spalancati di chi vede qualcosa che non immaginava potesse esistere, come lei, del resto, quando era arrivata dall'India.

«In Gujarat il mare è diverso,» le aveva detto sua suocera durante l'ultima videochiamata.

«Più caldo, più nostro.»

Priya aveva annuito, ma dentro di sé aveva pensato che il mare di San Vito Lo Capo era diventato suo quanto quello di Ahmedabad e forse di più, perché qui ci aveva portato i suoi figli, qui aveva imparato a essere madre italiana senza smettere di essere donna indiana.

Una signora anziana si avvicinò all'ombrellone accanto al loro, trascinando una sedia pieghevole e Priya la riconobbe: la vedeva spesso al mercato del sabato, sempre gentile ma distante, con quell'educata cortesia che non invita alla confidenza.

«Buongiorno,» disse la signora, sistemandosi all'ombra. «Che belli i suoi bambini.»

«Grazie,» rispose Priya, sorridendo. «Lei ha figli?»

«Due, ma grandi ormai. Ho anche tre nipoti che vedo poco. Vivono a Roma.»

Priya annuì. Conosceva bene quella nostalgia delle nonne italiane, così simile alla sua quando pensava a sua madre in Gujarat che vedeva i nipoti solo attraverso lo schermo di Skype.

«Io ne ho due qui e una madre in India che aspetta sempre le foto,» disse, tirando fuori il cellulare e mostrando l'ultima immagine che aveva mandato: Arun e Kavya con le magliette della Nazionale italiana durante Euro 2000.

«Quanto è lontana l'India,» sospirò la signora.

«Sì, ma meno di prima. Prima era solo nelle lettere. Ora è in un telefono.»

La signora guardò i bambini Patel che giocavano con altri bambini italiani, passandosi un pallone e gridando istruzioni mischiate.

«Si sono ambientati bene.»

«Meglio di me,» ammise Priya.

«I bambini sanno fare quello che noi adulti dobbiamo imparare.»

«Cosa?»

«Essere sé stessi ovunque. Loro sono indiani quando mangiano con le mani, italiani quando tifano per la Nazionale, se stessi sempre.»

La signora la guardò con interesse. «E lei? Non ci riesce?»

Priya esitò. Era una domanda che si faceva spesso, soprattutto negli incontri con le altre madri a scuola, quando si sentiva osservata per il sari, giudicata per l'accento, valutata per quanto bene i suoi figli parlassero italiano.

«Ci provo,» disse alla fine.

«Ma è difficile quando senti che devi sempre dimostrare qualcosa. Che i tuoi figli sono abbastanza italiani, che tu capisci abbastanza le regole, che la tua cucina non puzza troppo di spezie.»

«La sua cucina puzza di spezie?» chiese la signora, incuriosita.

Priya rise. «No, profuma, ma per qualcuno non è lo stesso.»

«Sciocchezze. Io adoro i profumi che vengono dalla sua finestra quando cucina. Mi ricordano i viaggi che facevo da giovane.»

Priya la guardò sorpresa. «Davvero?»

«Davvero. Mio marito era rappresentante, girava l'Europa. Io lo seguivo quando potevo. I profumi delle cucine diverse erano la cosa più bella. Significava che il mondo era più grande di quello che pensavo.»

Priya sentì qualcosa sciogliersi nel petto. Per vent'anni aveva cucinato con le finestre chiuse, preoccupata che l'odore della curcuma e del coriandolo disturbasse i vicini e, invece, almeno una persona lo aspettava, lo accoglieva come un regalo.

«Come si chiama?» chiese.

«Rosa. Rosa Sanfilippo.»

«Priya Patel. Mi piacerebbe... se le va... cucino sempre per dodici persone, non so fare per meno.»

Rosa sorrise. «Mi piacerebbe molto. Posso portare il dolce?»

«Perfetto.»

I loro figli tornarono correndo, bagnati e felici. Arun si tuffò nella borsa termica, tirando fuori un samosa.

«Mamma, posso darne uno a Luca?»

«Certo.» Priya guardò Rosa. «Vuole assaggiare?»

Rosa accettò il samosa, lo addentò con cautela, poi sorrise. «È delizioso. Che spezie ci sono?»

«Cumino, coriandolo, un po' di garam masala...»

«Garam masala?»

«È una miscela. La preparo io, come mi ha insegnato mia suocera. Cannella, cardamomo, chiodi di garofano...»

«Potrebbe insegnarla anche a me?»

Priya si sentì orgogliosa per la prima volta in anni del suo modo di cucinare. «Certamente, ma è un segreto di famiglia.»

«Allora diventerò famiglia,» rise Rosa.

Mentre parlava, Priya vide Raj che tornava dall'acqua con l'espressione rilassata che aveva solo al mare. A casa era sempre un po' teso, preoccupato per il lavoro, per i documenti, per mille piccole cose che l'immigrazione porta con sé. Ma qui, con i piedi nella sabbia e i figli che correvano liberi, tornava a essere l'uomo che aveva sposato in India.

«Raj,» lo chiamò. «Vieni a conoscere Rosa.»

Raj si avvicinò, ancora gocciolante, e strinse la mano alla signora con quella cortesia formale che usava sempre con gli italiani più anziani.

«Piacere, signora Rosa. Mia moglie cucina meglio di tutti i ristoranti indiani di Milano.»

«Lo credo,» disse Rosa. «Mi ha appena invitata a imparare i suoi segreti.»

Raj sorrise e Priya vide nei suoi occhi un lampo di orgoglio. Per vent'anni aveva vissuto con la sensazione che la cultura indiana fosse qualcosa da nascondere, da adattare, da rendere più digeribile per gli italiani. Vedere sua moglie trasmettere le sue ricette a una nonna siciliana, vedere quella ricchezza riconosciuta e apprezzata, gli dava una gioia che non provava da tempo.

Era mezzogiorno e il sole picchiava alto sul mare. La spiaggia iniziava a riempirsi del vociare delle famiglie che si preparavano al pranzo, e l'odore della sabbia calda si mescolava a quello delle creme solari e del cibo tirato fuori dalle borse termiche.

«I bambini hanno fame,» disse Priya, iniziando a srotolare la tovaglia colorata.

«Rosa, si ferma a mangiare con noi?»

«Non vorrei disturbare...»

«Disturbare cosa? Il cibo è fatto per essere condiviso.»

Rosa accettò con un sorriso. Si sedettero sulla tovaglia, un cerchio improvvisato di persone che fino a un'ora prima non si conoscevano. Priya distribuì i piatti, spiegando ogni portata, orgogliosa per la prima volta di mostrare la sua cucina invece di scusarsene.

«In Gujarat mangiamo sempre così, tutti insieme,» spiegò ai bambini che si erano uniti a loro.

«Il cibo non ha sapore se non lo condividi.»

«Anche in Sicilia,» disse Rosa. «Mia nonna diceva: tavola per uno è tavola per nessuno.»

Priya sorrise. Forse le nonne di tutto il mondo dicevano le stesse cose, solo in lingue diverse. Forse la saggezza, come la gentilezza, non aveva confini.

Raj li guardava e pensava a quanta strada avevano fatto. Per lui "casa" era stata una conquista lenta, fatta di documenti, permessi, lavoro. Per i suoi figli era un gioco, una lingua mescolata, un pranzo condiviso senza esitazione. Ora, due decenni dopo, erano su una spiaggia di San Vito Lo Capo, e i loro figli si muovevano come se la doppia appartenenza fosse la cosa più naturale del mondo. In italiano gridavano «passa la palla!», in gujarati si scambiavano soprannomi segreti, e ogni tanto lanciavano un «come on!» in inglese imparato alla televisione. Guardò i suoi figli che traducevano automaticamente per i nuovi amici, Priya che spiegava orgogliosa le sue ricette, la tovaglia che si riempiva di gente attratta dai profumi e dall'atmosfera. Era questo che aveva sognato vent'anni prima, quando aveva lasciato l'India: non solo una vita migliore, ma una vita più grande., una vita dove le differenze diventavano ricchezze da condividere, non muri da nascondere.

«Priya,» disse Rosa, assaggiando il curry di ceci, «dovrebbe aprire un ristorante.»

«Oh no, cucino solo per famiglia.»

«Ma questa è famiglia,» disse Rosa, indicando il cerchio di persone che si erano raccolte intorno a loro.

«Famiglia che si sceglie.»

Priya guardò tutti quei visi – italiani, tedeschi, marocchini, indiani – che mangiavano insieme come se si conoscessero da sempre. E pensò che forse Rosa avesse ragione, che forse la famiglia non era solo quella in cui nasci, ma anche quella che costruisci, un piatto alla volta, un sorriso alla volta, una storia condivisa alla volta.

Priya guardò il cerchio che aveva creato con i piatti e pensò che ogni pranzo fosse un ponte tra India e Sicilia, tra passato e presente, tra la lingua che parlava al telefono con sua madre e quella che i suoi figli usavano tra loro. Era pronta a condividere, anche senza sapere che di lì a poco quel cerchio si sarebbe allargato fino a diventare una festa.

CAPITOLO 9

12:30

La tovaglia colorata dei Patel si era trasformata in un palcoscenico improvvisato. Quello che era iniziato come un pranzo familiare era diventato un'attrazione magnetica per tutti i bagnanti nelle vicinanze.

Il caldo era diventato una presenza fisica, una coperta pesante che avvolgeva tutto. La sabbia bruciava i piedi, costringendo i bagnanti a correre dall'ombrellone al mare facendo piccoli saltelli. L'aria tremolava sopra la sabbia surriscaldata, creando miraggi e distorsioni che facevano sembrare tutto un po' irreale.

Ma sotto la tovaglia dei Patel, nell'ombra naturale delle rocce, l'aria era diversa. I profumi del cibo si mescolavano all'odore del mare: cumino e coriandolo, basilico e pomodoro, il salato della brezza e il dolce della granita che si scioglieva nei bicchieri. Era un'oasi di freschezza che attirava tutti come una calamita.

Hans e Greta furono i primi ad avvicinarsi, attirati dal profumo delle spezie che si mescolava all'aria salmastra. Hans teneva in mano due bottiglie di birra Nastro Azzurro ghiacciate, goccioline di condensa che brillavano al sole.

«Scusi,» disse Greta in italiano esitante, «possiamo... bere insieme?»

Priya sorrise, indicando la tovaglia. «Prego, sedetevi. Più siamo, più è festa.»

Marco Rossi arrivò poco dopo, trascinando Luca che portava un grappolo d'uva nera appena comprata dal venditore ambulante. Elena seguiva con una bottiglia d'acqua fresca e un sorriso curioso.

«I bambini hanno chiesto se potessimo unirci,» spiegò Elena. «Non vogliamo disturbare...»

«Non disturbate,» disse Raj, spostandosi per fare spazio. «Il cibo è fatto per essere condiviso.»

Giuseppe si avvicinò più lentamente, appoggiandosi al bastone. Aveva osservato la scena dalle sue rocce e aveva sentito il richiamo di quelle voci che si mescolavano.

Ahmed era già lì, seduto a gambe incrociate come se fosse sempre appartenuto a quel cerchio.

«C'è posto per un vecchio?» chiese Giuseppe in italiano, poi si corresse in siciliano per Ahmed, che sorrise e annuì.

Priya gli indicò un cuscino che aveva portato per i bambini. «Qui è più comodo per la schiena.»

Anche Friedrich si avvicinò, attirato dalle risate. Teneva il telefono spento in mano, un gesto che per lui equivaleva a una dichiarazione di pace.

«Che cosa celebrate?» chiese in inglese.

«La vita,» rispose Ahmed, traducendo poi in italiano e in francese per essere sicuro che tutti capissero. *«We celebrate life. Nous célébrons la vie.»*

La tovaglia ora ospitava un'ONU in miniatura: curry di ceci e samosa indiani, melanzane alla parmigiana e focaccia, birra tedesca e uva italiana, storie marocchine raccontate in italiano, risate che non avevano bisogno di traduzione.

Maria Cristina si avvicinò timidamente, ancora incerta nel suo nuovo ruolo di donna libera. Priya le fece spazio con un gesto naturale.

«Sorella,» disse Giuseppe piano, riconoscendola per quello che era stata.

«Ex sorella,» corresse lei con un sorriso. «Ora solo Maria Cristina.»

«In Germania,» disse Hans, aprendo una birra, «diciamo: *Bier macht das Leben schöner*. La birra rende la vita più bella.»

«In Gujarat diciamo che il cibo condiviso raddoppia la gioia,» aggiunse Priya, porgendo un piatto a Giuseppe.

Giuseppe assaggiò un samosa, chiuse gli occhi per apprezzare i sapori, poi li riaprì sorridendo.

«In Sicilia diciamo: *cù mangia sulu, s'ammala e mori*. Chi mangia solo, si ammala e muore.»

Ahmed tradusse approssimativamente in francese per Friedrich, che annuì con convinzione.

«*C'est vrai.* È vero.»

Salvatore apparve all'orizzonte, camminando lentamente con lo zaino in spalla. Giuseppe lo riconobbe subito, i Siciliani si riconoscono anche a distanza, e gli fece cenno di avvicinarsi.

«Veni ccà, paisanu,» lo chiamò. *«C'è postu pi tutti.»*

Salvatore esitò, poi si avvicinò. Posò lo zaino con delicatezza accanto a sé e accettò un bicchiere d'acqua fresca.

«Grazzî,» disse piano. *«Era tantu ca nun mangiava cu àutri cristianu.»*

I bambini correvano tra gli adulti, traducendo automaticamente tutto quello che sentivano. Luca spiegava ad Arun le regole del calcio, mentre Kavya insegnava a una bambina italiana come dire "ciao" in gujarati. Le lingue si intrecciavano come onde: gujarati, italiano, inglese, tedesco, francese, arabo, siciliano.

Ingrid arrivò per ultima, i capelli ancora bagnati di mare e un sorriso che Klaus non le vedeva da mesi. Si sedette accanto a Hans e Greta e per un momento sembrò di nuovo la ragazza che aveva dipinto acquerelli a Praga. Klaus la seguì, riluttante ma curioso, e si sedette sul bordo della tovaglia, il giornale piegato in mano come uno scudo, ma per la prima volta in anni non lo aprì.

«In Gujarat,» stava dicendo Priya a Rosa, «mia nonna diceva che, quando estranei mangiano insieme, smettono di essere estranei.»

«Anche in Sicilia,» disse Giuseppe. *«Pani e cumpanaggiu fanni l'amicizia.»*

Ahmed annuì. «In Marocco diciamo che chi divide il pane divide il cuore.»

Friedrich guardò tutti quei volti intorno alla tovaglia, giovani e vecchi, di colori e lingue diverse, uniti da qualcosa di più semplice e profondo di qualsiasi documento o passaporto. Pensò ai suoi figli a casa, alla rana Hermann, ai disegni di Sophia con le ali. Per la prima volta in anni non si sentì in colpa per non essere al lavoro ma si sentì esattamente dove doveva essere.

A pochi metri dal cerchio animato, Roberto e Claudia Martinelli osservavano la scena dal loro ombrellone ordinato. Erano arrivati quella mattina con la precisione di chi ha pianificato tutto: crema solare fattore 50, riviste ancora sigillate, thermos di tè freddo. Ma ora guardavano quella famiglia improvvisata con qualcosa che assomigliava all'invidia.

«Guarda come ridono,» disse Claudia, indicando Hans e Greta che brindavano con Ahmed e Giuseppe. «Quando è stata l'ultima volta che abbiamo riso così?»

Roberto non rispose subito. Stava guardando Giuseppe che raccontava qualcosa in siciliano, le mani che disegnavano nell'aria, Ahmed che annuiva pur non capendo tutte le parole. «Si stanno raccontando delle storie vere,» disse infine.

Claudia lo guardò. «E noi? Che storie ci raccontiamo?»

Non si unirono al cerchio, ma rimasero lì accanto, testimoni silenziosi di qualcosa che riconoscevano come autentico e che loro avevano dimenticato come si fa.

Il sole raggiunse il punto più alto del giorno, e per un momento tutto si fermò: le voci, le onde, perfino il vento, come se il mondo avesse trattenuto il fiato per non disturbare quella piccola comunità che si era formata per caso su una spiaggia siciliana.

Poi un bambino rise, Priya servì un altro piatto, Ahmed raccontò un'altra storia del suo Marocco, e la vita riprese il suo corso. Ma qualcosa era cambiato, qualcosa si era intrecciato che non si sarebbe più sciolto.

Totò il fotografo ambulante si avvicinò con la sua Polaroid. «Foto ricordo per la bella famiglia?»

«Non siamo tutti famiglia,» rispose Priya.

«E allora?» disse Totò con un sorriso furbo. «Le famiglie più belle sono quelle che si scelgono.»

Si disposero in semicerchio: Giuseppe al centro con il bastone, i Patel ai suoi lati, Ahmed e Marco dietro, Hans e Greta abbracciati, Maria Cristina che teneva un bambino, Friedrich che sorrideva davvero per la prima volta in mesi, Salvatore con lo zaino accanto, Ingrid e Klaus che si toccavano appena ma si toccavano.

Il flash illuminò il gruppo. La foto uscì, bianca, e iniziò a rivelare lentamente i volti sorridenti di quella famiglia improvvisata.

«Ecco,» disse Totò. «Un ricordo che durerà per sempre.»

Giuseppe guardò l'immagine e pensò che sì, alcuni momenti meritano di essere fermati nel tempo.

CAPITOLO 10

13:00

Salvatore era partito da Trapani nel 1963 con una valigia di cartone e un indirizzo scritto a matita in tasca. Si era ritrovato in una città grigia di fabbriche e tram veloci, un francese duro che gli spezzava le parole in gola. Là contavano le mani che reggevano il peso e l'orologio puntuale, non i cognomi né i santi del calendario. Aveva lavorato in officina, poi in magazzino, poi ancora in una piccola azienda di componenti meccanici dove tutti lo chiamavano *Monsieur* Salvatore con un rispetto che gli faceva bene e male insieme.

La domenica, d'inverno, mentre scendeva la neve e lui rimaneva a guardarla scorrere sul vetro, con la radio che gracchiava canzoni in una lingua che non gli apparteneva. Ogni tanto passava alla birreria dell'angolo: due italiani al bancone, un calabrese e un pugliese, si scambiavano storie a metà, risate a denti stretti, progetti di ritorno che non si avveravano mai. Qualcuno tornava davvero e poi ricompariva l'anno dopo, con la scusa di rimettere a posto i conti. Qualcun altro moriva là, con funerali composti e fiori bianchi che profumavano di estraneità.

C'era un'altra cosa, più profonda, che nessuno vedeva. Salvatore portava addosso la ferita di non avere figli. In paese, da ragazzo, aveva sentito dire più di una volta che un uomo senza picciriddi era un uomo a metà, un mezzu omu. Erano parole che si erano arrugginite dentro di lui senza mai smettere di graffiare. In Francia nessuno glielo rinfacciava, lì si guardava la produttività, non la discendenza. Ma la notte, a volte, quel chiodo tornava a pungergli il fianco come un tempo.

Rosa era stata la sua casa in terra straniera. Aveva mani calde e occhi di chi sa aspettare. Non gli aveva mai fatto pesare nulla. *«Nun m'importa, Turiddu,»* gli diceva piano, quando lui si voltava nel letto con la schiena dura. *«A vita semu nuatri duj. Nun ci manca nenti.»* Lui provava a crederci e molte volte ci riusciva, ma altre le parole di paese tornavano come mosche che Rosa le scacciava con un gesto, preparando il caffè forte la mattina presto, impastando pane, imparando perfino a fare la cuoca per le vicine alsaziane che le portavano farina buona.

Avevano una domenica tutta loro: messa nella chiesetta della comunità italiana, poi una passeggiata fino al parco, infine una teglia di melanzane alla parmigiana che Rosa aveva imparato da un'amica siciliana emigrata come loro.

Era il loro modo di dire siamo qui, ma non vi appparteniamo del tutto.

Quando Rosa si ammalò, la stanza d'ospedale aveva odore di disinfettante e finestre troppo pulite. Salvatore passava il dito sui bordi del comodino lisci come un tavolo da sartoria, e pensava che morire lì sarebbe stato come finire un viaggio nel punto sbagliato della mappa. Lei lo capì prima di lui. *«Se mi voli beni, riportami a casa, Turiddu,» gli sussurrò una sera. «Ma nun ti scantari di restare pure tu.»* Lui annuì con l'anima stretta e quella promessa gli rimase addosso più del cappotto nei giorni di neve.

Ora Rosa viaggiava di nuovo con lui, dentro un'urna di metallo scuro, semplice, nello zaino. Un peso lieve e pesantissimo.

La spiaggia di San Vito Lo Capo si aprì davanti come un vecchio quaderno ritrovato. Bambini scalzi che gridavano, madri con la voce piena, venditori di granite con i carrettini, il profumo dolce del gelsomino che arrivava dai giardini. Il mare luccicava. Salvatore inspirò forte. *«Ccà sì ca è casa,» disse tra sé. «Stu celu, st'oduri, stu mari.»*

Si sedette sulle rocce chiare che si scaldavano sotto il sole. Posò lo zaino accanto, aprì la cerniera, sfiorò l'urna con il palmo. Non c'era fretta. Si lasciò attraversare dalla luce, dai suoni. Gli arrivava la risata chiara di una ragazza straniera, la voce bassa di un ragazzo che rispondeva in italiano. Un vecchio col bastone si era messo più in là, immobile come un faraglione. Più vicino, una famiglia stendeva una tovaglia colorata e tirava fuori scatole di latta lucide, il profumo delle spezie si mescolò all'odore della salsedine. Un ragazzo moro, bagnato, stringeva un asciugamano giallo attorno alle spalle, seduto a mezzaluna con loro. Era una spiaggia e intanto era anche un mondo.

«Rosa,» mormorò Salvatore, con la voce che gli usciva in siciliano senza che se ne accorgesse, *«t'arricordi quannu dicivi ca un jornu turnavamu? Senti? U mari ci parra dintra l'ossi.»*

Tolse il coperchio dell'urna un dito, solo per sentire il respiro dell'aria di luglio contro la polvere sottile. Come un bacio che non si dà ancora. In quel momento sentì un'ombra avvicinarsi, una voce giovane, esitante: «Signore, scusi... può fare una foto?»

Si voltò. Un ragazzo biondo, alto, con un volto disteso e timido. Al suo fianco una ragazza dai capelli raccolti, gli occhi lucidi di quelli che hanno pianto da poco, ma per gioia. Gli porsero una macchinetta fotografica usa-e-getta Kodak. «Per favore?» disse lei, con un italiano dolce e sbilenco.

Salvatore prese la macchina con le mani ancora calde di pietra. *«Comu vi chiamate?»* chiese, sorridendo.

«Hans,» disse il ragazzo.

«Greta,» aggiunse la ragazza.

Si misero in posa con l'acqua alle caviglie. Lui le prese la mano, lei alzò appena il mento in un gesto di fierezza infantile. Salvatore scattò, sentì il rullino che avanzava con il suono metallico di un tempo che gli era familiare. Restituì la macchina, ma non si allontanò subito. Notò un anello sottile nella scatolina che Hans teneva nella tasca della camicia, come se temesse di perderlo anche a spiaggia.

«Vi site pinsati di maritarivi, ah?» disse piano, prima di ripetere la stessa frase in italiano, con un abbozzo di sorriso che gli addolcì il viso.

Hans arrossì, Greta abbassò gli occhi e poi li rialzò. *«Yes,»* disse in inglese, poi cercò l'italiano. «Sì. Oggi. *Lo* ho detto sì.»

Salvatore li guardò e gli venne addosso una tenerezza antica. Non pensò alla propria ferita, non pensò a nessuna mancanza. Pensò a Rosa che rideva sotto il velo nella chiesa di Trapani, al profumo di zagara fuori dalla porta, al pane caldo portato dalla vicina. *«Allura vi fazzu un'auguriu, picciotti,»* disse. *«Amativi ogni jurnata. Non aspettati l'urtimu jornu pi capiri quanto vali.»*

Greta annuì, Hans strinse più forte la mano di lei, ma entrambi non avevano capito una sola parola. «Grazie,» disse piano. «Grazie,» sicuro che qualunque cosa avesse detto fosse un augurio.

La ragazza guardò lo zaino, l'urna che sporgeva appena. «Tua moglie?» chiese, quasi in un soffio, come se le parole dovessero chiedere permesso.

Salvatore fece sì con la testa. «Rosa,» disse. *«Vi nni tornamu a casa.»*

Greta posò la macchina e, senza dire altro, fece un piccolo cenno di rispetto, come si fa davanti a una cosa sacra. Hans imitò quel gesto. Non c'erano parole da aggiungere. Salutarono con la mano e si allontanarono piano, tenendosi stretti.

Salvatore richiuse l'urna con delicatezza, come si chiude un libro che si vuole riaprire. Sentì che il momento era vicino, ma non era ancora adesso. Si alzò, prese lo zaino, scese dalle rocce verso la battigia.

Si fermò al chiosco sulla strada. Il telefono pubblico era una cabina bianca con le scritte sbiadite e Salvatore inserì la scheda prepagata Telecom che teneva nel portafoglio. Aspettò il segnale, compose il numero di Luca. La cornetta puzzava di plastica e tabacco.

«Pronto?»

«Ziu Turiddu!» La voce del nipote gli arrivò piena. «Ti cercavo. Ho parlato col proprietario e da ottobre l'appartamento è tuo. È piccolo ma si vede il porto. Devi solo firmare. I documenti li prepariamo noi.»

«Bravu figghiu,» disse Salvatore. *«Grazzî assai. Fammillu teniri. Non mi nni vogghiu iri cchiù.»*

«Va bene, zio. E... Rosa?»

Salvatore guardò la striscia di mare tra le case. *«È cca,»* disse piano. «Aspetta l'aria giusta.»

Riattaccò. Pagò con biglietti da duemila lire che profumavano di tabacco e bar, infilò lo scontrino nel portafoglio come si mette via una prova di qualcosa che conta. Tornò verso la spiaggia. Il sole adesso picchiava più forte, la sabbia sapeva di caldo, qualcuno all'ombra distribuiva piatti e rideva in più lingue: il ragazzo moro di prima adesso parlava con una donna italiana e un padre insegnava a un bambino come si fanno le torri delle mura con i bicchieri rovesciati.

Salvatore si sedette poco distante, lo zaino tra le gambe. «Rosa,» disse, in siciliano, senza vergogna. *«a Francia ni detti na vita onesta. Ma casa è cca. Cu tia e cu stu mari. Quannu veni u ventu giustu, ti ci arrassu e poi ristamu.»* Sentì le parole stendersi dentro come una tovaglia ben tirata.

Salvatore guardò l'orizzonte. Non aveva fretta. Aveva deciso.

Poco distante, Roberto osservava l'uomo anziano seduto con lo zaino tra le braccia. C'era qualcosa di solenne in quel gesto, una pazienza che lui non riconosceva in sé stesso.

«Cosa sta aspettando?» chiese Claudia, seguendo il suo sguardo.

«Il momento giusto,» rispose Roberto, senza sapere come facesse a saperlo.

Guardarono Salvatore accarezzare lo zaino con delicatezza infinita e Claudia pensò a tutte le volte che lei e Roberto avevano rimandato le conversazioni importanti, aspettando il momento giusto che non era mai arrivato.

«Forse noi aspettiamo troppo,» disse piano.

Roberto annuì, e per la prima volta in mesi si presero per mano.

CAPITOLO 11

13:00

Roberto e Claudia osservavano la scena del pranzo condiviso da lontano, seduti all'ombra del loro ombrellone ordinato. Avevano assistito al formarsi di quella famiglia improvvisata, alle conversazioni intrecciate, alle risate spontanee di persone che si erano appena conosciute. Guardavano quella naturalezza e vedevano in essa quello che la loro famiglia aveva perso.

«Guarda Giuseppe,» disse Claudia. «Come parla con quel ragazzo marocchino. Sembrano padre e figlio vero.»

Roberto annuì, pensando alla telefonata che aveva sentito quella mattina. L'anziano che chiamava Milano, la voce spezzata dall'emozione: *"Roberto... tu nun si me niputi. Tu si me figghiu."*

«E quella donna,» aggiunse Roberto. «Guarda come aiuta i bambini. Sembra così... naturale. Così libera.»

«Quando è stata l'ultima volta che ci siamo parlati davvero?» chiese Claudia improvvisamente.

Roberto la guardò, sorpreso dalla domanda diretta. «Di cosa?»

«Di tutto. Di noi. Di quello che sentiamo, non di quello che dovremmo sentire.» Rimasero in silenzio, guardando Hans e Greta che si baciavano nell'acqua, giovani e impauriti e coraggiosi allo stesso tempo. «Quella sera, con Marco,» disse Claudia piano. «Non è stato solo un bacio.»

Roberto sentì lo stomaco stringersi, ma non distolse lo sguardo. «Era la sensazione di essere ancora viva, di essere vista, di non essere solo la moglie-di, la madre-di.»

«E io?» chiese Roberto. «Cosa sono diventato per te?»

Claudia lo guardò negli occhi per la prima volta in mesi. «Un estraneo educato che divide con me le bollette e i silenzi.»

Roberto sentì quelle parole come schiaffi, ma anche come sollievo. Finalmente la verità, nuda e dolorosa. «Anch'io mi sento così,» ammise. «Come se stessimo recitando una commedia che non ci piace più, ma non sappiamo come uscire di scena.»

Guardarono di nuovo il gruppo dei Patel. Priya e Raj si sorridevano mentre servivano il cibo, complici dopo vent'anni di matrimonio e migliaia di chilometri dal loro paese.

«Loro sono arrivati qui da stranieri,» osservò Claudia. «E sembrano più a casa di noi.»

«Forse perché hanno scelto di essere qui. Noi abbiamo solo lasciato che le cose accadessero.»

«Quando è stata l'ultima volta che ci siamo sentiti liberi insieme?» chiese Claudia.

Roberto ci pensò. «Forse quando Marco era piccolo. Quella volta che ci siamo addormentati tutti e tre sul divano guardando un cartone Disney. Ti ricordi?»

«Era domenica. Pioveva. Avevamo fatto i pancake per colazione.»

«E non avevamo niente da dimostrare a nessuno.»

Rimasero in silenzio, guardando il mare. Poi Claudia disse: «Voglio provare a essere di nuovo quella persona. Non la moglie perfetta, non la madre perfetta. Solo Claudia.»

«E se Claudia non mi piace?»

Lei lo guardò negli occhi. «E se ti piace di più della persona che ho finto di essere? Puoi scegliere.» chiese Claudia.

«Cosa?»

«Di essere qui. Con me. Davvero.»

Roberto la guardò. Claudia aveva i capelli arruffati dal vento, la pelle leggermente arrossata dal sole, le mani che tremavano appena. Non era la moglie perfetta del loro matrimonio di facciata. Era una donna spaventata che gli stava offrendo una possibilità.

«Sì,» disse. «Ma non come prima.»

«Come allora?»

«Come quelli.» Indicò il cerchio colorato sulla sabbia. «Come persone che si scelgono ogni giorno.»

Roberto prese la sua mano. Non era una promessa di futuro, era un presente fragile ma onesto. «Allora scopriamolo insieme.»

Si alzarono insieme e camminarono verso il gruppo. Non per unirsi subito, ma per guardare da vicino come si fa a essere famiglia senza fingerlo.

CAPITOLO 12

15:00 – 16:30

Il pranzo si era dissolto lentamente, ognuno tornato alle proprie attività ma con qualcosa di diverso nell'aria, una complicità nuova.

Il sole iniziava la sua discesa verso l'orizzonte, e con essa arrivava una luce diversa, più dolce, più dorata, che trasformava ogni cosa in una cartolina. La sabbia iniziava a raffreddarsi, diventando piacevole anche per camminare scalzi. Il mare prendeva sfumature di blu più profondo, striato di argento dove le onde si rompevano.

Maria Cristina camminava lungo la riva con i piedi nell'acqua, sentendo la sabbia che si spostava sotto il peso del suo corpo. Era una sensazione che non provava da diciotto anni, da prima dei voti, da quando era ancora una ragazza che credeva di poter diventare tutto quello che voleva. L'acqua fredda sui piedi la riportava a quel tempo, a quella possibilità.

15:15

Giuseppe e Ahmed erano rimasti seduti sulla sabbia, due uomini di generazioni e culture diverse che avevano trovato un linguaggio comune nel silenzio.

«Lei ha figli?» chiese Ahmed dopo un po', in italiano attento.

Giuseppe esitò. «*Sugnu patri senza essiri patri,*» disse, poi si corresse. «Sono padre senza essere padre.» Ahmed inclinò la testa, aspettando. Giuseppe guardò l'orizzonte, dove il sole iniziava a tingere il mare di rame. «Ho un figlio che per quarant'anni ha creduto di essere mio nipote. Solo stamattina gli ho detto la verità.»

«È stato difficile?»

«Assai. Molto, ma più difficile era mentire.»

Ahmed annuì lentamente. «Anch'io ho mentito per anni, a me stesso soprattutto. Credevo che bastasse essere bravo nel mio lavoro per essere accettato qui, ma il mondo non funziona così.»

Giuseppe lo guardò. «E ora?»

«Ora ho smesso di aspettare di essere accettato. Ho iniziato ad accettarmi.»

Rimasero in silenzio, guardando i bambini che correvano sulla sabbia. Non avevano bisogno di tradursi le parole, non avevano bisogno di spiegare le ferite, alcune cose si capiscono anche attraverso le differenze.

«Mio figlio viene questo fine settimana,» disse Giuseppe. «Per la prima volta non so cosa dirgli.»

«Dirgli la verità è già abbastanza,» rispose Ahmed. «Il resto viene da solo.»

Giuseppe sorrise. «Lei è saggio per la sua età.»

«Lei è coraggioso per la sua.»

Si alzarono insieme, Ahmed offrendo il braccio a Giuseppe per aiutarlo. Due uomini che si erano riconosciuti, al di là delle parole e al di là del tempo che li divideva.

Pepè era il cane della spiaggia, un meticcio dorato che apparteneva a tutti e a nessuno. Girava tra gli ombrelloni con la sicurezza di un habitué, sapendo esattamente da chi potesse ottenere un biscotto, una carezza, un po' d'acqua fresca.

Si fermò vicino ad Ahmed, che stava leggendo un libro in arabo. Pepè lo guardò con quella intelligenza misteriosa dei cani randagi, poi si sdraiò accanto a lui all'ombra.

«Anche tu sei straniero qui,» disse Ahmed, grattandogli la testa. Il cane chiuse gli occhi, contento.

Giuseppe li osservò da lontano e pensò che a volte bastassero poche parole gentili e un gesto di accoglienza per far sentire qualcuno a casa, che sia un uomo o un cane, che venga dall'altra parte del mondo o dall'altra parte della strada.

15:45

Maria Cristina guardava i bambini costruire castelli di sabbia con la serietà di piccoli architetti. Uno di loro, il figlio minore dei Patel, aveva costruito una torre troppo alta per le fondamenta e la stava vedendo crollare lentamente. Invece di piangere, rise e ricominciò.

«Anche le torri devono cadere,» disse Maria Cristina, avvicinandosi.

Il bambino la guardò con curiosità. «Perché?»

«Perché così puoi costruirne una migliore.»

Si inginocchiò accanto a lui, sporcandosi la gonna chiara che aveva comprato il giorno prima in un negozio di Palermo, la prima cose da civile dopo diciotto anni. Iniziò ad aiutarlo con le fondamenta, le mani che ricordavano ancora come si giocava, da prima dei voti e delle preghiere sussurrate.

Hans e Greta passarono vicini, tenendosi per mano, l'anello nuovo che brillava al sole. Si fermarono a guardare.

«È bello,» disse Greta, indicando il castello.

«Sì,» rispose Maria Cristina. «È imperfetto, quindi è vero.»

Hans inclinò la testa, non capendo del tutto ma percependo una verità in quelle parole. «Anche noi siamo imperfetti,» disse in un italiano incerto.

«Tutti lo siamo,» sorrise Maria Cristina. «È per questo che abbiamo bisogno di costruire insieme.»

Un bambino più piccolo si avvicinò correndo, inciampò e cadde sulla sabbia. Iniziò a piangere, più per lo spavento che per il dolore. Maria Cristina si alzò istintivamente e lo sollevò, spazzolandogli via la sabbia dalle ginocchia.

«Shh, piccolo. Non è niente,» gli disse, e il bambino si calmò subito, forse per il tono della sua voce, forse perché le mani che lo consolavano erano abituate a prendersi cura.

La madre arrivò di corsa, parlando in una lingua che Maria Cristina non conosceva, ma il sorriso di ringraziamento era universale. Mentre ridava il bambino alla madre, Maria Cristina sentì qualcosa di familiare e diverso allo stesso tempo. Era ancora lei a prendersi cura degli altri ma non più nascosta dietro un abito e una vocazione che forse non era mai stata sua. Era semplicemente una donna che consolava un bambino che piangeva.

Tornò vicino al castello di sabbia. Il figlio dei Patel aveva terminato le fondamenta e ora costruiva muri più solidi.

«Brava,» le disse. «Adesso è più forte.»

Maria Cristina sorrise. «Sì,» disse, guardando le sue mani sporche di sabbia. «Molto più forte.»

16:00

Mentre gli uomini parlavano, Maria Cristina si avvicinò a Priya che stava piegando i vestiti bagnati dei bambini che giocavano poco lontano, costruendo castelli sempre più elaborati con altri bambini italiani.

«Posso aiutarla?» chiese Maria Cristina.

Priya sorrise, passandole una maglietta da stendere. «Grazie. Non finiscono mai di sporcarsi.»

«Deve essere bello,» disse Maria Cristina, guardando i bambini. «Averli, vederli crescere.»

Priya la guardò con curiosità. «Lei non ha mai voluto figli?»

Maria Cristina esitò. «Li ho voluti, ma ho scelto una strada diversa, o almeno… credevo di aver scelto.»

«Cos'è cambiato?»

«Ho capito che prendersi cura dei bambini non ha bisogno di un abito particolare. O di voti particolari.»

Priya annuì. «Mia nonna in India diceva che ogni donna che ama un bambino è madre di quel bambino. Non importa se l'ha messo al mondo o no.»

Maria Cristina guardò i piccoli che ridevano sulla sabbia, le loro voci che si mescolavano in lingue diverse ma con la stessa gioia universale dell'infanzia. «Forse sua nonna aveva ragione,» disse.

«Ha sempre ragione. È una nonna,» sorrise Priya.

Per la prima volta in anni, Maria Cristina pensò che non fosse troppo tardi per essere madre, che poteva diventarlo non nel modo che aveva immaginato a diciotto anni, ma nel modo che il mondo aveva bisogno. Con le mani sporche di sabbia e il cuore aperto ai bambini di tutti, indipendentemente da dove venissero o in che lingua piangessero.

CAPITOLO 13

17:30

Friedrich riaccese il telefono e le 47 notifiche potevano aspettare. Compose il numero di casa, quello vero questa volta, non quello dell'ufficio.

«Papà!» La voce di Max esplose dalla cornetta. «Indovina cosa ho trovato oggi al campo!»

Friedrich sorrise, e si rese conto di non aver sorriso così in settimane. «Dimmi tutto.»

«Una rana! Ma non una rana normale. Una rana che, secondo me, veniva da molto lontano, perché aveva delle macchie che non ho mai visto sui libri. L'ho chiamata Hermann, come il nonno.»

«Hermann è un bel nome per una rana.»

«E sai cosa ha fatto Sophia? Ha disegnato la rana, ma le ha messo delle ali. Dice che così può volare da te quando sei in viaggio.»

Friedrich sentì la gola stringersi. «Posso parlare con lei?»

«Papà?» La voce di Sophia arrivò piccola e chiara. «Dove sei?»

«In Sicilia. Al mare. È molto bello qui.»

«Ci sono i pesci?»

«Sì, molti pesci. E sai cosa? Penso che la tua rana Hermann saprebbe nuotare benissimo qui.»

Sophia rise. «Le rane sanno già nuotare, papà!»

«È vero. Sono io che devo ancora imparare.»

«Ti insegno io quando torni.»

Friedrich guardò il mare, dove Ahmed nuotava lento verso il largo, dove Hans e Greta ridevano nell'acqua, dove Salvatore stava per compiere il gesto più importante della sua vita.

«Sì,» disse. «Insegnami tu.»

Quando riattaccò, Friedrich non spense più il telefono ma non guardò neanche le notifiche. Si limitò a tenerlo in mano, come un ponte verso casa che non doveva più temere di attraversare.

EPILOGO

19:00

La spiaggia si svuotava lentamente ma non era vuota: era piena di promesse, di numeri di telefono scambiati, di storie che si erano intrecciate.

Giuseppe rimase per ultimo sulle sue rocce, la Polaroid in mano. Volti sorridenti, diversi eppure uniti, fissati in un quadrato di carta che sarebbe ingiallito ma mai scomparso.

Ahmed gli passò accanto, i capelli umidi di mare. «A domani.»

«A domani,» rispose Giuseppe. Una promessa semplice, che valeva quanto un ponte.

Più in là, Priya raccoglieva la tovaglia colorata mentre Hans e Greta camminavano verso il paese tenendosi per mano. Roberto e Claudia rimasero seduti sulla sabbia, non abbracciati ma vicini, le mani che si sfioravano appena.

Maria Cristina tolse i sandali e lasciò che le onde le bagnassero i piedi e, per la prima volta da anni, non aveva paura del futuro.

Salvatore camminava verso il paese, lo zaino vuoto ma il cuore pieno. Rosa ora faceva parte di quel mare, di quella luce che ogni giorno sarebbe tornata.

Giuseppe si alzò lentamente e si incamminò verso casa. Dal taschino tirò fuori le monete da cento lire con Minerva e le lasciò sulla roccia dove aveva seduto tutto il giorno. Un piccolo tesoro per chiunque le avrebbe trovate.

Il mare continuò a respirare nella notte, custodendo tutti i segreti che quel giorno aveva accolto. Domani avrebbe portato altre onde, altre storie ma, quella di quel giorno, sarebbe rimasta per sempre nell'acqua e nella sabbia.

La notte era appena iniziata e il domani, avrebbe portato altro.

L'AUTORE

Luigi Pascal Rondanini, nato a Napoli nel novembre del 1967, è autore, narratore e editore. Scrive anche con lo pseudonimo **Pascal De Napoli**.

Determinato e tenace nel perseguire i propri ideali, ha lasciato presto la sua città natale per esplorare le opportunità del mondo. Dopo essersi trasferito nel Regno Unito, ha intrapreso una brillante carriera nel settore finanziario, senza mai abbandonare la sua passione per la scrittura e l'impegno civile.

Nei suoi scritti convivono **giustizia sociale, identità culturale e introspezione umana**. La cultura del Sud Italia, vissuta e amata anche da lontano, ritorna nei suoi personaggi come **fonte inesauribile di umanità, diversità e ironia**.

Oggi Rondanini vive a Londra, dopo aver abitato cinque continenti. Con la sua opera, invita i lettori a **non avere paura del cambiamento**, a **tendere la mano ai diversi da noi**, e a scoprire che **casa può essere ovunque qualcuno ti accoglie davvero**.

www.ingramcontent.com/pod-product-compliance
Ingram Content Group UK Ltd.
Pitfield, Milton Keynes, MK11 3LW, UK
UKHW040627121025
463883UK00002B/19

9 781918 177022